THE STRANGER'S FAREWELL

Written by
Palwasha Bazger Salam

Illustrated by
Marie Lafrance

د يو لاروي خداى پاماني

رسامي:
مري لفرانس

ليکواله:
پلوشه بزگر سلام

LONG, LONG AGO, in a land as far from here as the sun, yet as near to you as your breath, if you had wandered to the outskirts of a certain town, you would have come across a small house set in a well-tended garden. It was the home of a poor young man called Alim and his wife, Aisha.

ډېر پخوا، په يو لرې ځای کې چې لکه لمر دومره لرې و، خو تاسې ته ستاسي د سا په څير نږدې و، که تاسي د يوه ځانګړې ښار څنډې ته تللي وای، هلته به تاسي يو کوچنی کور ليدلای وای، چې په يو ښايسته بڼ کې پروت و. دا کور د يو بې وزله سړي چې نوم يې عليم و او د هغه د ميرمنې، عايشې و.

It was dusk when this tale begins, a time when roses are reddest and birds sing their sweetest songs. Aisha was at her stove stirring bean soup when through the window she saw a tall stranger dressed in green walking towards their door. "Come in!" she called. "The door is not locked."

دا کیسه د لمر لویدو په وخت کې پیلیږي، دا هغه وخت دی چې د ګلاب ګلان ډیر سره وي او مرغۍ خپلې خوږې سندرې وایي. عایشه له خپل نغري سره وه او د کلولو (لوبیا) ښوروا یې ښوروله چې له کړکۍ څخه یې یو لوړ لاروی سړی ولید چې شنه کالي یې اغوستي و او د هغوی د دروازې په لور راروان وو. هغې ورته وویل، ”دروازه پرانیستې ده! دننه راشئ!“

"The stranger entered, saying, "Thank you, dear lady, I wonder if I might rest here for a while before I journey on? I have been traveling for many days and I'm feeling a little tired and thirsty."

"I'm sure you are not only tired and thirsty, but hungry, too!" said Aisha, "You are most welcome to rest here and refresh yourself."

لاروی دننه راغی، او ویې ویل، ”مننه، آغلې میرمنې، کولای شم له نور سفر کولو مخکې دلته یو څه دمه وکړم؟ ډیرې ورځې کیږي چې زه سفر کوم، لږ ستړی او تږی شوی یم.“

عایشې وویل، ”زه پوهیږم چې ته نه یوازې ستړی او تږی یې، حتماً وږی هم یې! ډیر ښه راغلې کولای شې دلته دمه وکړې او خپل ځان تازه کړې.“

"Yes, yes! Welcome! Welcome!" cried Alim, "Do come in! It would give us great pleasure to share the delicious soup that my wife is making!"

So the stranger stayed and together they ate the soup.

علیم په لوړ غږ وویل، ”هو، هو، ښه راغلې! ښه راغلې!، راشه دننه راشه! مونږ به ډیر خوشحاله شو چې دغه مزه داره ښوروا چې زما میرمن یې پخوي له تا سره په ګډه وخورو! “

د همدې کبله لاروی پاته شو، او دوی په ګډه ښوروا وخوړه.

Then, as suddenly as he had appeared, the stranger stood up and stepped towards the door. "I must leave you now," he said.

Well, as we all know, small actions sometimes have large consequences. Just before he opened the door, the stranger turned, smiled, and said, "May the next thing you do last until you say 'Enough'." And he disappeared down the path.

وروسته هغه لاروی همغسې نابره چې کور ته راننوتی وو، ودرید او د ور خوا ته لاړ او ویې ویل، ”زه باید اوس لاړ شم.“

لکه څنګه چې پوهیږو، ځینې وختونه واړه عملونه لویې پایلې لري. وړاندې تر دې چې هغه دروازه پرانیزي، لاروي مخ را واړو، ویې خندل، او ویې وویل، ”هیله لرم هغه شی چې تاسي یې د آخرې ځل لپاره ترسره کوئ تر هغې دوام وکړي تر څو چې تاسې وواياست ’بس دی.““ او په لاره کې د سترګو پناه شو.

"Oh! The poor man has gone out into the cold, and he has no money for his journey. Run after him with this, Alim!" cried Aisha. She reached into her pocket, took out a silver coin she had saved there, and handed it to Alim.

عایشې وویل، ”آه علیمه! بې وزله سړی پدې سړې هوا کې ولاړ، او هغه د خپل سفر لپاره پیسې نلري. د هغه پسې منډه کړه او دا هغه ته ورکړه!“ عایشې پخپل جیب کې لاس دننه کړ او د سپینو زرو هغه یوه روپۍ یې چې سپما کړې وه را وایستله او علیم ته یې ورکړه.

Immediately she felt another coin in her pocket. She took it out and put it on the table. And then she felt another. She took that one out, and sure enough another replaced it. Mesmerized, Aisha repeated this action with the same result over and over.

Before long, silver coins were piling higher and higher on the table. Some even spilled on to the floor.

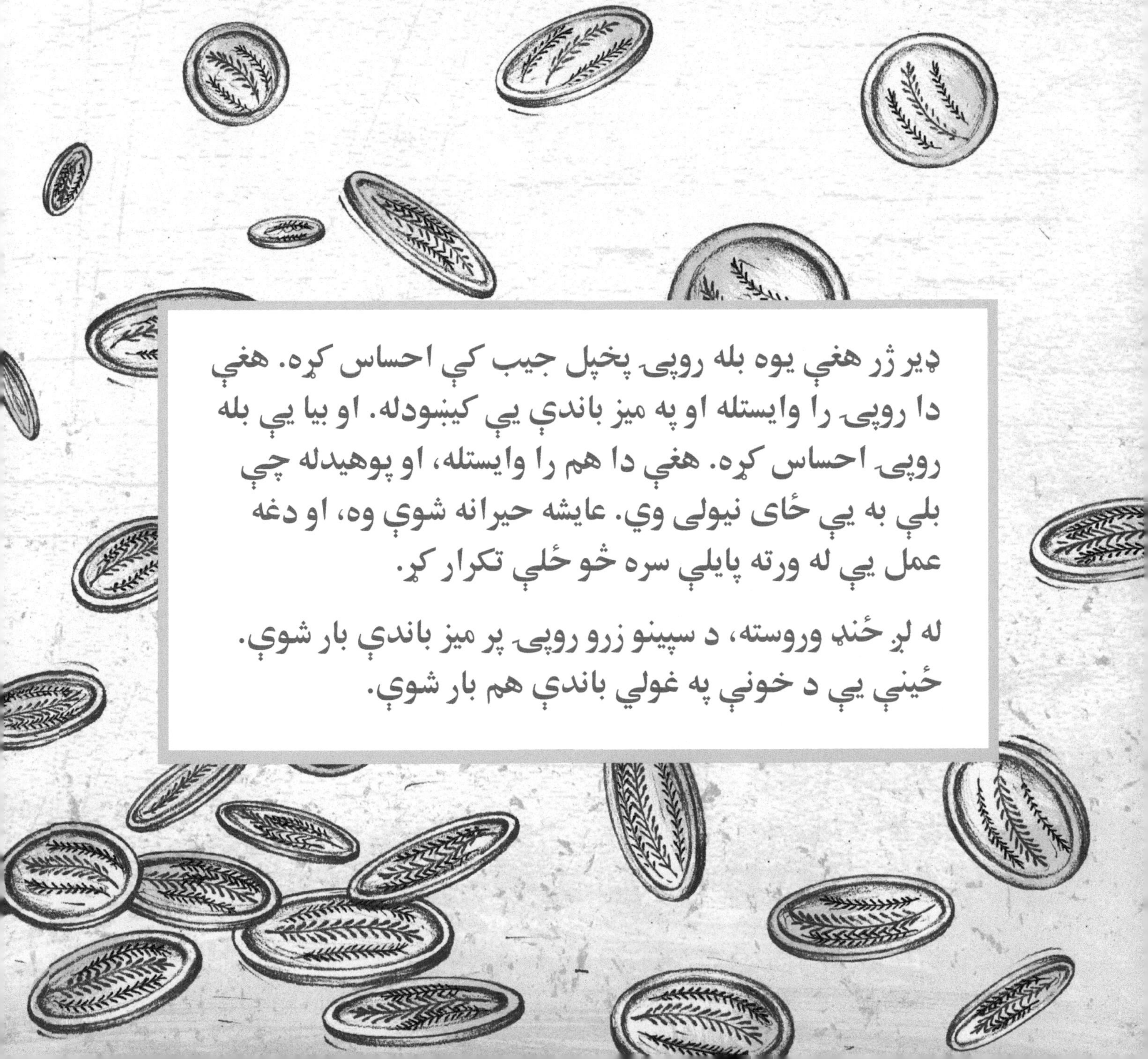

ډېر ژر هغې يوه بله روپۍ پخپل جيب کې احساس کړه. هغې دا روپۍ را وايستله او په ميز باندې يې کېښودله. او بيا يې بله روپۍ احساس کړه. هغې دا هم را وايستله، او پوهېدله چې بلې به يې ځای نيولی وي. عايشه حيرانه شوې وه، او دغه عمل يې له ورته پايلې سره څو ځلې تکرار کړ.

له لږ څنډ وروسته، د سپينو زرو روپۍ پر ميز باندې بار شوې. ځينې يې د خونې په غولي باندې هم بار شوې.

"Oh, Alim, I feel quite strange, what is happening?" asked Aisha in amazement. "It seems no matter how many coins I take from my pocket, another one appears from nowhere to replace it! Or am I hallucinating?"

"My dear wife," laughed the young man, "Did you not hear what the stranger said as he was leaving? I myself thought it a strange farewell, but now I understand! He said, 'May the next thing you do last until you say 'Enough'."

عایشې په حیرانۍ وپوښتل، "آه علیمه، زه ډېر عجیبه احساس لرم، څه خبره ده؟ داسې ښکاري زه چې څومره روپۍ له جیبه را باسم، بله روپۍ له کومه ځایه راځي او ځای یې نیسي! یا زه خوب وینم؟"

ځوان سړي وخندل، "زما ګرانې میرمنې، آیا تا وا نه وریدل کله چې لاروی سړی له کوره وت هغه څه وویل؟ ما پخپله دا فکر وکړ چې دا یوه عجیبه خدای پاماني وه، خو اوس پوهېږم! هغه وویل، هیله لرم ترڅو هغه څه چې تاسې ترسره کوئ تر هغې دوام وکړي چې تاسې ووایاست چې 'بس' دی."

"Enough!" said Aisha, clapping her hands with joy, and immediately the coins stopped appearing. The happy couple counted the silver coins, making piles to keep in a safe place to spend as they needed. For the first time in their lives they talked of future plans that were now possible. They would expand their one-roomed house into a home large enough for a family, they would be able to help their relatives and friends, start a small farm, buy a donkey and cart to take their produce to market, and so on.

عایشې وویل، ”بس دی!“ خپل لاسونه یې له خوشحالۍ ټکول او ډېر ژر داسې ښکاریدل چې پیسې بندې شوې. خوشحالې جوړې د سپینو زرو روپۍ وشمیرلې، او پر یوې بلې به یې کیښودلې ترڅو یې په یوه خوندي ځای کې وساتي او د اړتیا په وخت یې ولګوي. هغوی په خپل ټول عمر کې د لومړي ځل لپاره د راتلونکې لپاره په پروګرامونو جوړلو چې اوس ممکن شوي وو خبرې وکړې. هغوی غوښتل چې د خپلې یوې خونې کور په یو لوی کور چې د یوې کورنۍ لپاره کافي وي بدل کړي، هغوی به وکولای شي د خپلو خپلوانو او دوستانو سره مرسته وکړي، په یوه مځکه د بزګرۍ کاروبار پیل کړي، یو خر او ریړه (کراچۍ) واخلي چې خپل حاصلات بازار ته یوسي، او داسې نور.

As the young couple's plans gradually came to fruition, their friends and neighbors became curious about how their circumstances had changed so suddenly. So they told them about the stranger's visit, explaining what he had said and what had happened.

لکه څنګه چې د ځوانې جوړې پلانونه ورو ورو بشپړیدل، د هغوی ملګري او ګاونډیان حیران شول چې څرنګه ډېر ژر د هغوی وضعیت بدلون وموند، ځکه نو هغوی د لاروي سړي د لیدنې په اړه هغوی ته وویل، او هغه څه یې وویل چې لاروي څه وویل او څه پیښ شوو.

As we all know, such news travels fast,
leaving in its shadow not only happiness
and pleasure but also envy and greed.

لکه څنګه چي مونږ پوهیږو،
داسي خبرونه ډیر چټک
خپریږي، او نه یوازي دا چي
خوند او خوښي لري، بلکي
کینه او حرص هم ورسره
ملګري وي.

It happened that a wealthy landowner heard the tale and thought, "I must see if I can find this stranger because I could do with the chance that couple had," and he laughed to himself, thinking, "I'll certainly take my time before I say 'Enough!' ... Of course, I'll give a good amount away to people in need." He added this last thought in case his being greedy might jinx any hope of such an encounter actually taking place.

The landowner applied himself to the challenge of finding the stranger. He sent servants out far and wide. He drove up and down the highways and byways. Soon, twenty people were busy on his behalf searching for the tall man in the emerald robe.

همداسې وشول په ښار کې د ځمکو يو شتمن خاوند دا کيسه واورېدله او فکر يې وکړ، " چې، بايد هڅه وکړم که دا لاروی پيدا کړای شم او کېدای شي هغه فرصت چې د دغې جوړې نصيب شوی وو زما هم نصيب شي، او له خپل ځان سره يې خندل، او فکر يې وکړ، زه به ژر بس و نه وايم! ... هو، بې د شکه زه به ډېرې روپۍ بې وزلو خلکو ته ورکړم. هغه دا اخرې نظر د دې لپاره اضافه کړ چې داسي ونشي چې حرص يې هيله په بدمرغۍ بدله کړي.

د ځمکې خاوند د لاروي په لټه بوخت شو. هغه خدمتګاران هرې خوا ته وليږل. هغه په سړکونو او واټونو کې کښته او پورته ولاړ. تر شلو کسانو د هغه لوړ اوږدې چپنې درلودنکي سړي په لټه بوخت وو.

And it happened that one morning, while in conversation with his clerk, the landowner looked outside a window of his mansion and saw a flash of green turning the corner. He rushed out and dashed after the figure. Catching up with him, he begged, insisted, and finally persuaded the stranger to accept his hospitality to rest and take the midday meal in his home.

او یوه ورځ سهار چې هغه د خپل کاتب سره په خبرو بوخت و، د ځمکې خاوند دخپلې ماڼۍ د کړکۍ د باندې وکتل او ويې ليدل چې یوه شنه رڼا یو کوټ ته روانه ده. په منډه ووت او هغه سړی یې وڅاره. کله چې هغه ته ورسېد، هيله يې وکړه، زارۍ يې وکړې تر څو يې هغه راضي کړ چې د هغه ميلمه پالنه ومني او د يو وخت لپاره د هغه په کور کې استراحت وکړي او غرمنۍ وخوري.

Suppressing his excitement but in great anticipation, the landowner offered the stranger every conceivable comfort. He gave him a chair with huge satin cushions and offered him rich foods on gilded dishes: delicious lamb kabab, piping hot naan and pulau, yogurt, fresh grapes, apricots, pistachios, and pine nuts, and drinks of the sweetest sherbets. And he presented the stranger with splendid gifts: ornaments embossed with gold, silver, and mother-of-pearl along with embroidered silks and aromatic spices.

When the time came for the stranger to depart, the landowner could no longer contain himself and cried, “Before you leave, please give me a blessing!”

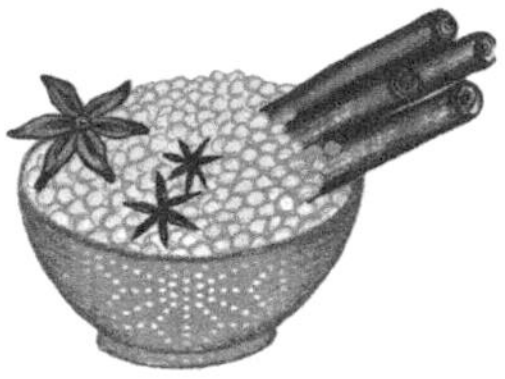

هڅه يې کوله چې خپله خوښي پټه کړي ډېر هيله من و. د ځمکې خاوند لاروي ته د سوکالۍ لپاره هر څه چې امکان درلود وړاندې کړل. د هغه لپاره يې يوه چوکۍ د بخملي بالښتونه سره چمتو کړه او ډېر ښه خواړه يې د سرو زرو په نقاشي شوو لوښو کې ورته رواړل: د پسه ډېر خوندور کباب؛ ګرمه ډوډۍ او پلو؛ مستې؛ تازه انګور، خوبانۍ، پستې او جلغوزې؛ او د څښلو لپاره يې خواږه شربتونه ورته رواړل. د دې برسيره يې لاروي ته ډېرې ښې ډالۍ ورکړې: انتيک شيان چې په سرو زرو او سپينو زرو رنګين شوي و، ملغلرې د وريښمينو ګنډونو سره، ډيرې ښې او معطره مصالحې يې هغه ته ورکړې.

کله چې د دغه پردي سړي د تګ وخت راورسيد، نور نو د ځمکې خاوند ځان و نه شو ساتلی او په لوړ غږ يې وويل، ”لطفاً د تګ نه دې مخکې ما ته دعا وکړه! “

"That is not something I do," said the stranger, "but I wish that your first deliberate action tomorrow should last a week." And he went out the door and vanished from sight.

The landowner was a bit disappointed because he wasn't given the opportunity to control his own reward with the word 'Enough.' But he planned to count his money first thing in the morning and spent the night wide awake, mentally calculating the accumulation of wealth that a week of counting would produce and the additional parcels of prime land that he would soon be able to buy.

لاروي ورته وويل، "زه معمولاً دا کار نه کوم، خو سبا چې ته کوم لومړی عمل په خپل فکر تر سره کوي، تر یوې اوونۍ دې دوام وکړي." او د دې ويلو سره له دروازې ووت او له نظره غايب شو.

د ځمکې خاوند يو څه ناهيلې شوی و ځکه چې هغه ته دا فرصت نه و ورکړ شوی تر څو خپله ډالی د 'بس' له کلمې سره کنترول کړي. خو داسې يې پلان کړه چې د سهار په پيل کې خپلې پيسې وشميري او ټوله شپه ويښ پاته شو، د نورې ځمکې د اخيستلو په فکر کې شو، چې کولای يې شول، ډير ژر به يې واخلي.

The following day, he crossed the courtyard to the room where he kept his safe. As he passed the well, he realized that he was quite thirsty, so he lowered the bucket, pulled it up full of water, and took a large gulp. Suddenly, he felt the compulsion to lower the bucket again, and again, and again!

The water spilled onto the courtyard, seeped into the mansion, and still it kept pouring out of the bucket. Soon his magnificent home was flooded, along with his surrounding land, and, of course, his safe, with all his money, valuables and title deeds.

په سبا يې، هغه د کور له انګړ څخه خپلې خونې ته روان وو، چيرته چې يې د خپلو پيسو سيف ساتلی و. کله چې هغه د څاه د څنګ څخه تېريده، د ډيرې تندې احساس يې وکړ، نو سطل يې څاه ته ښکته کړ، د اوبو يې ډک او بيرته يې پاس راکش کړ، او د هغې نه يو غټ ګوټ اوبه وڅښلې، نابېره اړ شو چې بيا بايد سطل څاه ته ښکته کړي او دې کار ته همداسې دوام ورکړي!

اوبه د کور په انګړ کې توی شوې، او د کور ودانۍ ته ننوتې، او هغه همداسې د اوبو راويستلو ته دوام ورکاوه. په لږ وخت کې د هغه ښايسته ماڼۍ، او شاوخوا ځمکه او هغه سيف، له ټولو پيسو سره، قيمتي شيان او قبالې د اوبو ډک شول.

They say before the week was out, water covered the whole town and the land around for miles and miles ...

ويل کيږي چې د اونی له پايه
وړاندې، ټول ښار او شاوخوا
ځمکه ټوله تر اوبو لاندې شوه ...

about this story....

In common with many of our best stories, this one has travelled the world. A version can be found in "Solomon and the Ant ..." retold by Sheldon Oberman, where it is entitled: "Enough," and in Idries Shah's "Learning How to Learn," where it is called: "The Woman and the Spiritual Being."

د کیسه په اړه ....

په عموم که زمونږ د ډیرو ښه کیسو، دا یوه ټوله دنیا ته رسیدلی کیسه ده. یوه نسخه يې په "سلیمان او میږی..." کي موندلی شي چي د شیلدن اوبیرمن له خوا بیا ویل شوی، چي عنوان يي "کافی،" دی او د ادریس شاه په کتاب کی "زده کړه څنګه زده کړو" چرته چي ویل کيږي "یوه ښځه او اروا".

If you enjoyed this story, you may also like:

FATIMA THE SPINNER AND THE TENT

by Idries Shah

Fatima's life is beset with what seem to be disasters. Her journey leads her from Morocco to Egypt, then Turkey and, finally, to China. In China she realizes that events which appeared at the time to be really unfortunate were in fact an integral part of her eventual fulfillment. Readers can make connections with their own lives and explore the deeper meanings of the concepts of misfortune, opportunity, and ultimate happiness.

تاوونکې فاطمه او کیږدۍ

ادریس شاه

فاطمه له مراکشه مدیترانې، مصر، ترکیې ته سفر کوي او پای کې چین ته رسیږي. هلته پوهیږي هغه کړاوونه چې دې په لاره کې ولیدل، سره لدې چې په خپل وخت کې بدبخته معلومیده خو په حقیقت کې یې له دې سره په اخیري کامیابۍ او تکامل کې مرسته وکړه.

که دا کیسه مو خوښه شوه، ممکن دا مو هم خوښ شي:

THE WISDOM OF AHMAD SHAH *An Afghan Legend*

by Palwasha Bazger Salam

Some two hundred and fifty years ago, the great King Ahmad Shah Durrani ruled Afghanistan. His magnificent empire extended from eastern Iran to northern India, and from the Amu Darya to the Indian Ocean. Known to his people as Ahmad Shah Baba (Ahmad Shah, our father), the king was an outstanding general and a just ruler. But he was vexed with troubles and needed to find someone with the right qualities to help him — but how?

د احمد شاه پوهه یوه افغاني افسانه

پلوشه بزګر سلام

نږدې دوه نیم سوه کاله وړاندې لوی احمدشاه دراني پر افغانستان باچاهي کوي. د هغې لویه باچاهي د ایران له ختیځه تر شمالي هند، او له آمو دریا د هند تر بحیرې غځېدلې وه. خپلو خلکو احمدشاه بابا (احمد شاه، زموږ پلار) باله، دا باچا ښه نظامي جنرال او نیاومن (باانصافه) واکمن وو. خو هغه له ستونزو سره مخ وو او غوښتل یې د ښو اوصافو یو څوک پیدا کړي چې له ده سره مرسته وکړي - خو څنګه؟

First English Paperback Edition 2015
This English-Pashto Edition 2017

www.hoopoebooks.com

Published by Hoopoe Books,
a division of The Institute for the Study of Human Knowledge

ISBN: 978-1-944493-65-3

CPSIA information can be obtained
at www.ICGtesting.com
Printed in the USA
LVOW06s2307240517
535767LV00016B/51/P

9 781944 493653